Meuterei im Nichts

Charles R. Tanner

Writat

Diese Ausgabe erschien im Jahr 2024

ISBN: 9789359941363

Herausgegeben von
Writat
E-Mail: info@writat.com

Nach unseren Informationen ist dieses Buch gemeinfrei.
Dieses Buch ist eine Reproduktion eines wichtigen historischen Werkes. Alpha Editions verwendet die beste Technologie, um historische Werke in der gleichen Weise zu reproduzieren, wie sie erstmals veröffentlicht wurden, um ihre ursprüngliche Natur zu bewahren. Alle sichtbaren Markierungen oder Zahlen wurden absichtlich belassen, um ihre wahre Form zu bewahren.

Meuterei im Nichts

Von CHARLES R. TANNER

**Manools Plan, die Meuterei
auf der *Berenice zu brechen* , war einfach.
Er zerstörte die Pflanzen, die das gesamte Schiff mit
Sauerstoff versorgten, völlig.**

Der Tankraum des Raketenschiffs *Berenice* , in dem die großen Tanks mit Wassergras aufbewahrt wurden, war so blitzsauber, dass ein Mann wenig Psychologie brauchte, um zu erkennen, dass sein Manager ein adretten, wählerischen und vorsichtigen kleinen Mann war. Die Lichter im Raum waren hell und effizient, das Wasser in den Tanks frisch und sauber, und es gab keine verrottenden Vegetationswedel zwischen den Tausenden von Wasserpflanzenstängeln, die im Tank herumschwimmten und das durchgepumpte Kohlendioxid absorbierten das Wasser und gab einen ständigen Strom winziger Sauerstoffbläschen zurück.

Denn diese „Farm", wie der Tankraum genannt wurde, war der Sauerstoffproduzent für die Rakete und sorgte unter der fachmännischen Obhut von Manool Sarouk, dem „Bauern", dafür, dass die Luft so frisch und gesund war wie die Luft auf der Erde . Manool war stolz auf seine Arbeit und auf die Art, wie er damit umging, genauso wie er stolz auf sein Aussehen war und darauf, wie er *es beibehielt* .

Manool Sarouk im Moment am weitesten entfernt . Er hatte gerade die Tür des Tankraums geöffnet und war eingetreten, und auf seinem Gesicht standen Schrecken und Angst in unverkennbaren Schriftzeichen geschrieben.

Denn Manool war gerade ein bewusstloser Lauscher eines Gesprächs gewesen – eines Gesprächs zwischen Gilligan, dem großen, leichenhaften „Maat" des Schiffes, und einem der

Treibstoffkämpfer. Manool kannte den Namen des Wrestlers nicht, denn der Großteil der Besatzung bestand aus neuen Männern, die Gilligan auf dieser zweiten Reise mit der *Berenice* ausgewählt hatte .

Aber sein Name spielte keine Rolle – es zählte der Kern des Gesprächs. Es war das, was den adretten kleinen „Bauern" vor Angst und, ja – vor Angst zittern ließ. Denn sie hatten von Meuterei gesprochen – und zwar von einer Meuterei, die unmittelbar bevorstand und wahrscheinlich jeden Moment ausbrechen würde.

Manool war ordentlich und Manool war stolz, aber niemand würde ihn als mutig bezeichnen. Er hatte jetzt Angst – er hatte fast den Verstand verloren und war sich nicht sicher, was er tun sollte. Er griff mechanisch in die Brust seiner Jacke und zog eine Tabakflasche heraus . Er steckte es in den Mund und inhalierte es, wünschte, es wäre eine Zigarette, die er rauchte. Neunundneunzig von hundert „Bauern" verschwendeten Sauerstoff durch das Rauchen von Tabak, nicht jedoch Manool . Die Regeln besagten „keine Zigaretten", also hieß es für ihn „keine Zigaretten".

Er warf den Tabak weg, bevor er halb leer war, und begann nervös auf und ab zu gehen. Er ging zum Waschtisch und wischte sich den Fleck vom Tabak aus den Zähnen. Er prüfte die Luft und lächelte ein wenig, als er feststellte, dass der Sauerstoffgehalt weit über dem Normwert lag. Er untersuchte das Unkraut und entfernte ein oder zwei kränklich aussehende Wedel. Aber seine Gedanken waren nicht bei der Arbeit, und bald nahm er sein unruhiges Auf und Ab wieder auf.

Und dann klopfte es an der Tür. Ihm schlug das Herz bis zum Hals. Er sah sich um, ob es einen Fluchtweg gab, und rief dann schwach: „Wer ist da?"

„Ich bin's – Gilligan", ertönte die scharfe Stimme des Maat, und Manools Panik wurde, wenn überhaupt, noch größer.

„Was-was willst du?", stammelte er.

Gilligans Stimme wurde noch schärfer. „Was ist los mit dir, Manool ?“, fauchte er. „Lass mich rein. Ich möchte mit dir reden.“

Manool zitterte heftig, aber er ging weiter und öffnete die Tür. Der große, ungewöhnlich dünne Kumpel schritt herein, ein einschmeichelndes Lächeln lag auf seinem Gesicht.

„Hübsches kleines Plätzchen hast du hier, Manool ", sagte er mit einem gezwungenen Lächeln. „Schade, dass ich nie zuvor die Gelegenheit hatte, dich hier zu besuchen."

Er ging zu Manools Hocker, dem einzigen Sitzplatz auf der „Farm", und nahm ihn in Besitz. Er sah sich um, warf Manool ein- oder zweimal einen Blick zu, und nach und nach wurde sein Lächeln natürlicher.

„ Manool ", sagte er, „Sie sind eine Art Offizier, vielleicht nur ein Feldwebel, aber trotzdem – Sie essen mit ihnen, deshalb habe ich über Sie als Offizier nachgedacht. Aber – nun ja, ich mag Sie, Manool." , und – Sie haben mehr gehört, als Sie sollten, glaube ich, also bin ich gekommen, um ein kleines *Gespräch* mit Ihnen zu führen."

Er senkte seine Stimme und sah sich vorsichtig um, bevor er fortfuhr. Dann „ Manool ", sagte er. „Ich werde es klarstellen. Du hast gehört, wie ich vor einiger Zeit mit Larry gesprochen habe , und du musst misstrauisch sein. Nun ja, dein Verdacht ist richtig. An Bord dieses Haufens von Feuerwerkskörpern wird es Meuterei geben, und Cap Tarrant wird verschwinden seinen Job zu verlieren. Wissen Sie, warum? Weil ich einer von Huddersfields Männern bin und seit acht Monaten daran arbeite, dieses Schiff zu beschlagnahmen.

Manool schauderte.

„Huddersfield, der Cereaner ?" er hat gefragt.

„Genau das Gleiche! Huddersfield hat einen Asteroiden beschlagnahmt und beabsichtigt, eine Raketenflotte zu starten. Er hat bereits ein paar und dies wird seine dritte sein. Wenn wir genug haben, wird es krachen, das kann ich Ihnen sagen."

„Jetzt hör zu, Manool – du kannst dich uns anschließen und nach Huddersfield gehen, oder du kannst rennen und es Cap Tarrant sagen – und dir wird dein verdammter Hintern abgeschlagen, wenn wir das Schiff übernehmen. Denn die Männer sind alle auf meiner Seite, Manool , alle von ihnen , und es gibt keine Chance, dass Tarrant gewinnt, wenn es zum Kampf kommt.

Er hielt inne, offenbar wartete er darauf, dass Manool etwas sagte. Der kleine Bauer blickte kläglich auf. „Aber – was kann ich tun?", rief er klagend. „Ich bin kein Kämpfer, Gilligan. Du willst mich nicht als Kämpfer in deiner Mannschaft haben."

Gilligan stand auf und lächelte breit. Manools offensichtliche Angst vor ihm schien ihn erheblich beruhigt zu haben. Er zwinkerte zuversichtlich.

„ Manool ", sagte er. „Ihre Aufgabe ist es, die Luft sauber zu halten, und das ist alles, was Sie tun müssen. Außer, dass Sie auch den Mund halten. Denn wenn Sie zum Kapitän oder Navigator Rogers gucken, werden Sie der Erste sein, der stirbt. " wir haben Schluss gemacht. *Aber–*" Er zwinkerte erneut und sein Lächeln wurde breiter. „Du hältst den Wind fair und die Falle geschlossen, dann wirst du nicht vergessen."

Er zwinkerte ein letztes Mal, stieg aus und schloss die Tür hinter sich. Und er ließ Manool in einem Aufruhr der Ungewissheit zurück. Der kleine Bauer wusste genau, was seine Pflicht war. Wenn er das Richtige tat, würde er sofort zu Captain Tarrant gehen und ihn über die bevorstehende Rebellion informieren. Aber wenn er das tat, würde Gilligan ihn mit Sicherheit kriegen. Er wusste genau, dass die Drohung des dünnen Maat nicht unbegründet gewesen war.

Aber wenn er den Kapitän nicht informierte – wenn er es nicht tat, wäre er ebenfalls ein Meuterer. Und er müsste seinen Anteil nehmen und als Flüchtling die Erde verlassen und wahrscheinlich sein Schicksal mit dem berüchtigten Huddersfield teilen. Das wollte er ganz bestimmt auch nicht.

Er ging im Tankraum auf und ab, ein Opfer der Ungewissheit. Er wusste nicht, *was* er tun sollte, sagte er sich klagend... Er wusste es immer noch nicht, als es Zeit fürs Abendessen war.

Manools Zerstreutheit am Esstisch war so auffällig, dass der junge Captain Tarrant sich gezwungen sah, darüber zu sprechen.

„Wo ist dein Appetit, Sarough?", fragte er. „Du hast noch nicht einmal deine Suppe aufgegessen. Fühlst du dich nicht wohl?"

Manools Gesicht wurde rot, als er antwortete, aber der alte Doc Slade sah auf und musterte Manool eindringlich.

„Komm lieber nach dem Abendessen vorbei, Sarouk", schlug er vor. „Vielleicht hast du etwas falsch gemacht und ich habe etwas zu tun. Komm vorbei und besuch mich."

Manool wollte gerade darauf bestehen, dass mit ihm alles in Ordnung sei, als er Docs Blick auf sich zog und ihm klar wurde, dass der alte Mann etwas wusste. Und dann wurde ihm klar, dass sich hier eine Gelegenheit bot. Er könnte hineingehen und Doc Slade sehen, und Gilligan würde nie einen Verdacht schöpfen. Er erhob sich vom Tisch und murmelte: „Ich bin in ein paar Minuten bei Ihnen, Doc." Dann eilte er zurück zur Farm.

Er betrat den Tankraum und überprüfte noch einmal alles. Er zog ein sauberes Hemd an, putzte sich die Zähne und kämmte sein glattes schwarzes Haar. Dann, nach kurzem Nachdenken, putzte er sich erneut die Zähne. Doc könnte auf die Idee kommen, ihn zu untersuchen, und er wollte auf keinen Fall, dass seine Zähne verschmutzt würden, wenn Doc seinen Mund und Rachen untersuchte.

Er wollte gerade den Tankraum verlassen, als er irgendwo weiter unten im Gang einen Schrei hörte. Es war ein erschrockener Schrei, gefolgt von einem scharfen Befehl, der mit einem Fluch endete. Das Herz schlug ihm bis zum Hals. Kein Offizier auf dem Schiff beschimpfte die Männer jemals.

Außerdem hätte er die Stimme eines der vier Offiziere erkannt. Dieser Befehl war von einem der Männer gebrüllt worden, und der Schrei, der ihm vorausgegangen war, war einer der Überraschung gewesen. Hatte die Meuterei bereits begonnen?

Als Antwort auf seine Frage ertönte plötzlich der scharfe Knall einer automatischen Waffe durch den Gang. Manool schlug die Tür zu und duckte sich so plötzlich zurück, als hätte die Kugel auf ihn abgefeuert. Er begann zu zittern; er fühlte, wie ihm die Kehle zuschnürte, und doch stieg gleichzeitig eine maßlose Erregung in ihm auf. Er verspürte ein überwältigendes Verlangen, zu sehen, was draußen vor sich ging.

Viele Minuten lang überwog seine Vorsicht seine Neugier, aber schließlich überzeugte ihn das ständige Schweigen davon, dass die Meuterei aller Wahrscheinlichkeit nach vorbei war. Also trat er ganz langsam auf den Korridor hinaus und machte sich auf den Weg nach unten. Der Saal, in dem er den Schuss gehört hatte, war ziemlich leer und er fragte sich, wo alle waren. Dies war sicherlich eine seltsame Meuterei, nichts Vergleichbares, von dem er jemals gelesen hatte. Er ging immer vorsichtiger vor, und ihm wurde klar, dass dieses Schweigen furchteinflößender war, als der Tumult es gewesen wäre.

Er kam gerade an einem Lagerraum vorbei, und als er sich gerade auf der Höhe der Tür befand, wurde sie plötzlich aufgerissen, und da stand einer der Treibstoffkämpfer, der eine geladene Automatik auf Manools Brust richtete und einen boshaften Blick auf sich zog Augen.

Manools Reaktion erfolgte fast automatisch. Er warf die Hände hoch und schrie: „Nicht schießen." Und hinter dem Treibstoffkämpfer sagte eine andere Stimme – die von Gilligan: „Lass ihn in Ruhe, es ist der Bauer." Dann wurde es schärfer, als der Maat ihn schnappte: „Komm rein, Manool . Was machst du , wenn du durch die Flure schlenderst ? Willst du erschossen werden?"

Manool hatte fast zu viel Angst, um zu sprechen. „Ich habe nach dir gesucht", antwortete er. „Ich denke, der Kampf ist vorbei, also suche ich dich."

„Es ist verdammt noch mal nicht alles vorbei", knurrte Gilligan. „Haben Sie Doc Slade gesehen ?"

„Ich habe niemanden gesehen", antwortete Sarouk wahrheitsgemäß. „Ich bin gerade vom Bauernhof gekommen und hierher gelaufen. Vor einer Weile habe ich einen Schuss gehört."

"Damals haben wir Slade angegriffen. So wie er sich benahm, muss er wohl einen Verdacht gehabt haben. Hören Sie mal, Manool ", fuhr der Maat fort, "das ist nicht gerade Ihr Ding. Gehen Sie lieber zurück auf die Farm und halten Sie sich bedeckt, bis ich Sie anrufe."

Manool zitterte noch ein wenig von dem Schrecken, den er bekommen hatte, als er die Pistole auf seine Brust gerichtet sah. Er nickte Gilligans Vorschlag enthusiastisch zu, stürmte zur Tür und schlich, den Korridor entlang, ohne ein weiteres Wort in den Tankraum.

Er war offenbar stundenlang allein im Tankraum. Es war fast Zeit für das Abendessen, als es an der Tür klopfte und als er zögernd öffnete, kam Gilligan mit einem breiten Lächeln im Gesicht herein.

Geschrei ist alles vorbei , Manool ", prahlte er. „Wir haben Tarrant und Navigator Rogers im Speisesaal eingesperrt. Sie haben Essen und Wasser und haben sich eingesperrt, aber wir haben einen Wachmann an der Tür postiert, und wir werden sie schnappen, wenn ." Sie machen einen Durchbruch . Wir haben auch Doc Slade erwischt – lebendig. Er hat wie ein Tiger gekämpft, zwei der Jungs verletzt, aber wir haben ihn lebend gefangen und halten ihn im Wiegeraum fest ,, Cookie hat etwas zum Abendessen zubereitet, also komm vorbei und iss", fügte er im Nachhinein hinzu. „Die Kämpfe sind vorbei."

Manool folgte ihm aus der Tür und den Flur entlang. Sie gingen die Treppe zum Laderaum nahe der Mittelachse der Rakete hinauf; Manool spürte wieder das Schwindelgefühl, das er immer verspürte, wenn er abnahm. Trotz all seiner Jahre im Weltraum war er nie wirklich ein Raumfahrer geworden. Er ging ein wenig unsicher und schwindlig in den Raum, ein oder zwei Schritte hinter Gilligan.

Die gesamte Crew war da. Doc Slade war auch da. Er hatte ein blaues Auge und einen langen, tiefen Kratzer auf einer Seite seines Gesichts. Seine Hände waren gefesselt und er saß auf einem Hocker, seine Beine waren an den Hocker gefesselt. Docs Augen weiteten sich, als er sah, wie Manool mit Gilligan hereinkam; Dann warf ihnen ein verächtlicher Blick zu, und er wandte den Kopf ab. Manool wand sich unbehaglich unter seinem Blick – er mochte Doc Slade, und Doc hatte ihn bisher immer gemocht. Er hoffte, dass diese Kerle dem alten Doc nichts tun würden.

Der Tisch war gedeckt und die Crew wollte sich gerade zum Essen setzen. Manool saß neben Gilligan, und sie banden Docs Hände los und setzten ihn ebenfalls an das andere Ende des Tisches.

Für den kleinen Bauern war das Essen eine reine Qual. Die Crew ignorierte ihn, Gilligan ignorierte ihn und Doc Slade – Doc würde ihn nicht ignorieren und Manool wünschte, er würde es tun. Bevor das Essen zu Ende war, litt Manool unter großen Angstzuständen. Er fragte sich, was aus Tarrant und Rogers werden würde; er fragte sich, was sie mit Doc Slade machen würden; Er fragte sich auch, was sie mit *ihm* machen würden .

Die Crew war äußerst fröhlich. Sie hatten eine Kiste Gin hervorgeholt, die einer von ihnen wahrscheinlich an Bord geschmuggelt hatte, zündeten sich Zigaretten an, teilten eine Flasche und hatten eine herrliche Zeit. Nach der dritten Flasche wurde es noch herrlicher, und einer von ihnen brachte den Vorschlag vor, die Ladung sofort unter sich aufzuteilen, um „zu sehen, was sie bekommen würden".

Gilligan runzelte die Stirn und versuchte, den Vorschlag abzulehnen, aber ein halbes Dutzend Stimmen knurrten wütend über seine Ablehnung, und der schlanke Kumpel war gezwungen, so gut es ging nachzugeben. Ein Lader wurde mit der Bewachung von Doc Slade beauftragt, dann machte sich der gesamte Rest der Besatzung auf den Weg nach achtern zum „Laderaum".

Damals beförderten Schiffe normalerweise Dinge, die auf dem Mars sehr schwer zu bekommen oder herzustellen waren und auf der Erde nicht allzu selten waren. In diesem Fall gab es eine Menge U235, eine Menge organischer Chemikalien, die noch immer nicht aus ihren Elementen synthetisiert werden konnten, und eine Reihe von Krimskrams, die von den Marsbewohnern trotz ihrer Billigkeit geschätzt wurden.

In die Behälter, in denen dieses Zeug gelagert wurde, schwärmten die schreienden Piraten, die in letzter Zeit eine brave Truppe gewesen waren, schreiend und schubsend und beanspruchten dies und das und das andere; und in weniger als fünf Minuten begannen drei separate Kämpfe. Gilligan stürmte, drohte und griff schließlich zur Gewalt.

„Dieses Zeug wird niemals gerecht aufgeteilt werden, wenn ihr Kerle versucht, es zu regeln, indem ihr darum kämpft ", brüllte er, nachdem er ein paar von ihnen abgeschnitten hatte. „Was denkst du, dass du bist, ein Haufen Piraten? Ihr Idioten bringt euch gegenseitig um, und wer bringt das Schiff in den Hafen? Wie lange, glaubst du, würdest du noch überleben , wenn wir unterbesetzt wären ?" Kann diese Dose bei der Landung Schaden nehmen ? Huddersfield würde dich dafür wie die Fliegen umbringen.

Danach standen sie ganz bescheiden da, während Gilligan sich die Ladung ansah und diesen Teil diesem Kerl, diesen Teil jenem zuwies. Er hatte ihnen einen großen Teil der Beute zugeteilt, als er an etwa ein Dutzend große Wellpappkartons kam. Er las eines der Etiketten und brach in Gelächter aus.

„Schau dir das an, du Luder ", kicherte er. „Wer bekommt das für seinen Anteil?"

Die anderen sahen hin und ein Grinsen breitete sich auf ihren Gesichtern aus. Auf den Etiketten stand: „ *Dentogleme Tooth Powd. 1/2 Gr. 4 oz.* " Das Grinsen wurde zum Lachen, und ein Dutzend Augen richteten sich auf Manool . Der kleine Bauer spürte, wie sein Gesicht rot wurde; Ihm wurde klar, dass seine Angewohnheit, zahnmedizinisch wählerisch zu sein, der Besatzung nicht unbekannt war. Gilligans nächste Bemerkung machte deutlich, dass dies die Wahrheit war.

„ Manool ", sagte er. „Das Zeug sollte wahrscheinlich zum Mars, um den Eingeborenen mit den Haifischkiefern die Zähne zu polieren. Aber dort wäre es verschwendet worden, Manool , verschwendet. Aber jetzt, Manool , soll es dir zugesprochen werden, der es wertschätzen wird, als Anerkennung für alles, was du während der Meuterei für uns getan hast."

Seine Augen verhärteten sich einen Moment lang, als ob er eine Beschwerde erwartete; dann sah er in Manools Augen nichts als klagendes Einverständnis und fuhr fort: „Nimm es, Manool , und verschwinde von hier. Bring es runter auf die Farm und freue dich darüber, Bauer. Es ist genug da, um sogar für dich zwanzig Jahre auszukommen."

Die Crew sah ihn an, schaute den benommenen Manool an und brach in schallendes Gelächter aus. Sie neckten ihn, machten auf seine Kosten obszöne Wortspiele, und Manool stand da, nahm alles auf und wurde immer röter.

Er wünschte sich vergeblich, er hätte vor der Meuterei Zeit gehabt, etwas zu unternehmen. Er wünschte, dass es jetzt nicht zu spät wäre, etwas zu unternehmen. Dann wurde ihm klar, dass es jetzt etwas für ihn zu tun gab. Gilligan befahl ihm erneut unmissverständlich, das Zahnpulver in seinen

Tankraum zu bringen. Er lächelte den Rädelsführer schwach an und nahm eine Kiste.

Die nächste halbe Stunde war er damit beschäftigt, sein „Vermögen" in sein Quartier zu tragen. Und es ist zweifelhaft, ob Manool Sarouk in seinem ganzen Leben jemals so elend gewesen war. Er machte sich bei jedem Schritt Vorwürfe wegen seiner Feigheit und Unentschlossenheit. Er zerbrach sich den Kopf und versuchte, einen brillanten Plan auszuhecken, um die Meuternden zu umgehen; und während er das tat, spottete ein anderer Teil seines Verstandes über die Sinnlosigkeit, es zu wagen, sich dieser Gruppe von Schurken entgegenzustellen. Als er zurückkam, um die letzte Kiste zu holen, hatte er sich die Absurdität eingestanden, es überhaupt zu versuchen.

Sie hatten die Gin-Flaschen inzwischen geleert. Einige sangen, andere spielten Würfel und spielten mit ihrem Anteil an der Ladung. Gilligan und ein paar andere hatten sich um Doc Slade versammelt. Sie hatten ihm die Fesseln abgenommen und offensichtlich mit ihm gesprochen.

„Du gehst das Risiko mit uns ein, oder du gehst das Risiko mit den beiden in der Offiziersmesse ein", sagte Gilligan drohend, als Manool eintrat. Es war offensichtlich, dass er den Gin geteilt hatte, seit Manool mit seiner Arbeit begonnen hatte. Er sah hässlich aus und schien das Gleiche zu empfinden.

Doc Slades Lippen kräuselten sich vor Verachtung, bevor Gilligan seinen Satz beendet hatte. „Es gibt keine Wahl", spuckte der Arzt. „Du gibst mir Zugang zur Messe und ich gehe sofort. Was habe ich mit einem Rudel Weltraumratten wie diesen gemeinsam? Ich mag nicht einmal deinen Geruch."

„ Okay !" Gilligan knurrte mit einem Gesichtsausdruck der Endgültigkeit, der zeigte, dass er den Versuch beendete, Slade davon zu überzeugen, sich ihnen anzuschließen. „Ich gebe dir den Durchgang. Verschwinde hier und geh runter ins Esszimmer ."

Er riss die Tür auf und deutete auf den Flur. Doc Slade sah ihn an, mit einem Ausdruck in seinen Augen, den Manool nicht verstehen konnte. „Idiot!" wiederholte Gilligan und zog seine Waffe. „Verschwinde hier, bevor ich mich selbst vergesse, und gib dir eine Dosis davon."

Doc zögerte eine Sekunde lang, dann zuckte er die Achseln und trat aus der Tür. Er lief rasch den Gang hinunter, und Manool bemerkte, dass er weder langsamer wurde noch zurückblickte. Er war etwa zwanzig Meter entfernt, als Gilligan den zwei oder drei Leuten, die sich an der Tür versammelt hatten, zuflüsterte: „Na gut. Gebt es ihm!"

Und zu Manools Entsetzen krachte und hallte ein halbes Dutzend Schüsse durch die enge Halle. Doc taumelte, streckte eine Hand nach der Schottwand aus, hustete und sackte zu Boden. Gilligan rannte nach vorn und jagte ihm eine weitere Kugel in den Leib.

Manool wartete nicht einmal, bis Gilligan zurück ins Zimmer kam. Er schnappte sich mechanisch seine letzte Kiste und rannte zur Treppe. In seinem Kopf herrschte ein Chaos des Grauens; er würgte, seine Augen füllten sich mit Tränen und er hatte nur einen Gedanken – zur Treppe zu kommen, bevor auch ihm eine Kugel in den *Rücken schlug* .

Er stolperte die Stufen hinunter und den Korridor entlang und schluchzte dabei. Sie hatten Doc Slade getötet. Ihn kaltblütig getötet. Sie würden auch die anderen Offiziere töten, wenn sie die Chance dazu bekämen. Sie hatten nichts Gutes in sich, und es war hoffnungslos, sie zu beschwichtigen und an ihre Gutmütigkeit zu appellieren. Jeden Moment würden sie wahrscheinlich auf die Idee kommen, auch ihn zu töten; nur aus Spaß! Er wusste kaum, was er tat, als er den Tankraum betrat, die Schachtel mit dem Zahnpulver auf die anderen fallen ließ und dann die Tür zuschlug und abschloss.

Eine Zeit lang war er ein wenig hysterisch. Er schluchzte; er ging über den Boden; Er schlug sich mit den Fäusten auf die Schläfen und fragte sich, ob er sich umbringen könnte. Er konnte mit schrecklicher Klarheit die Gestalt von Doc Slade vor sich sehen, wie er im Gang gelegen hatte, mit einer sich allmählich ausbreitenden Blutlache unter seinem Kopf.

Er bedeckte sein Gesicht mit seinen Händen und weinte erneut. Er trat wild gegen die Kisten, die den Preis seiner Neutralität in diesem kleinen Krieg darstellten. Er fühlte sich als der niedrigste und verabscheuungswürdigste Feigling der Geschichte. Er rang die Hände und weinte erneut. Und endlich, mit der Zeit, trockneten seine Augen und er holte tief Luft.

In seinen Augen lag ein neuer Ausdruck. Plötzlich kam ihm der Gedanke, dass er das Leben dieser Verrückten selbst in der Hand hielt. Natürlich hat er es getan! Er hatte sich so viele Sorgen um die Sicherheit seines eigenen dürftigen Lebens gemacht, dass dieser Gedanke völlig übersehen worden war. Er war der Bauer auf diesem Schiff! Worüber weinte und jammerte er, wo doch jeder von ihnen für seine Luft auf seine ständige Aufmerksamkeit für die Panzer angewiesen war?

Sie waren gut zwanzig Millionen Meilen vom nächsten Raumhafen entfernt. Wenn er sterben wollte, wenn er bereit wäre, sein Leben zu geben, könnte er diese Vegetationstanks zerstören, und kein Mann auf dieser Rakete würde überleben, um noch einmal auf einem Planeten zu landen.

Er stand auf und streckte die Brust heraus. Er holte tief Luft — und unterdrückte ein unwillkürliches Schluchzen. Er ging zum Waschbecken, wusch sich Gesicht und Augen und kämmte sein strähniges schwarzes Haar. Geistesabwesend griff er nach seiner Zahnbürste, dann schauderte er. Aber die Gewohnheit war zu groß; trotz des Ekelgefühls, das der bloße Gedanke an

Zahnpulver in ihm auslöste, beendete er es damit, sich sorgfältig die Zähne zu putzen. Dann fühlte er sich besser.

Er wollte sich gerade von der Waschschüssel abwenden, blieb dann aber plötzlich stehen. Er drehte sich rasch um und griff nach der Dose mit Zahnpulver, die dort stand. Er nahm sie, schüttete etwas Pulver in seine Hand und ließ ein oder zwei Tropfen Wasser darauf fallen. Ein finsteres Grinsen breitete sich auf seinem Gesicht aus – wenn er das Ding richtig handhabte, würde der Witz, den sie gemacht hatten, als sie ihm das Zahnpulver gaben, nach hinten losgehen.

Er setzte sich hin und begann nachzudenken.

Er saß fast eine halbe Stunde dort. Einmal stand er auf, ging hinüber und untersuchte die Öffnungen zu den Ventilatorrohren. Er entfernte den Schirm von einem von ihnen, einem Rohr mit einem Durchmesser von etwa zwei Fuß, und blickte in die Schwärze im Inneren des Rohrs. Was er sah, befriedigte ihn offensichtlich, denn er lächelte erneut und nahm wieder seine nachdenkliche Pose ein.

Schließlich stand er auf und machte sich mit dem grimmigen Lächeln auf seinem Gesicht an die Arbeit. Er kletterte in das Lüftungsrohr, das er untersucht hatte, und begann, sich in dessen dunkles Schlund hineinzuzwängen. Seine Beine strampelten einen Moment lang vergeblich, dann bahnte er sich seinen Weg durch die Röhre.

Er arbeitete sich etwa ein Dutzend Meter weiter vor, dann kam er an eine Stelle, an der sich die Röhre in zwei Teile teilte. Er wählte ohne zu zögern den Weg nach rechts – er kannte diese Röhren gut genug, um sie mit geschlossenen Augen zu durchqueren, obwohl er sie noch nie zuvor von innen gesehen hatte. Nachdem er ein paar Meter weiter gekrochen hatte, sah er vor sich ein Licht und erhöhte seine Geschwindigkeit. Bald lag er vor einem Gitter und blickte in die Offiziersmesse.

Er konnte Tarrant und Rogers sehen. Sie saßen niedergeschlagen am Tisch und sprachen anscheinend wenig, denn Manool beobachtete sie fünf Minuten lang, bevor er versuchte, ihre Aufmerksamkeit zu erregen, und in dieser ganzen Zeit sprach Tarrant nur einmal. Als Manool auf das Gitter klopfte, sahen sie erschrocken auf und griffen nach ihren Waffen. Rogers konnte das Klopfen nicht orten und schwenkte ein wenig wild umher, bis Tarrant auf die Öffnung des Ventilators zeigte. Dann erkannte er Manool vor Tarrant.

„Es ist der Bauer", rief er überrascht. „Was machst du da oben, Sarough?"

Manool winkte sie zum Beatmungsgerät.

„Sprich nicht zu laut", warnte er mit heiserem Flüstern. „Ich kann nicht viel sagen. Jemand bewacht vor der Tür, vielleicht hört er mich. Sie töten Doc Slade und den Apotheker. Ich habe einen Plan. Du nimmst dieses Gitter ab, während ich zurück zur Farm gehe und etwas hole." "

Ohne eine Antwort abzuwarten, wich er zurück und machte sich langsam auf den Weg zurück zur Farm. Er nahm eine seiner Schachteln mit Zahnpulver, hievte sie zum Ventilatorschacht und schob sie so weit wie möglich zurück. Dann kletterte er hinterher und machte sich auf den Weg zurück in die Messe, wobei er die Kiste vor sich her schob. Es war eine langsame Arbeit, aber er schaffte es endlich und rief Tarrant leise zu, er solle kommen und die Schachtel holen.

„Was soll das denn, Manool ?" fragte der Kapitän, aber Manool weigerte sich zu antworten.

„Ich kann nicht viel reden, Captain", flüsterte er. „Ich muss mich beeilen. Wenn jemand versucht, auf die Farm zu kommen, bevor ich diese Kisten hierher habe, wird dieser ganze Plan vernichtet. Reden Sie jetzt bitte nicht."

Tarrant nickte verständnisvoll und Manool ging zurück, um eine weitere Schachtel Zahnpulver zu holen. Während er sich zusammenkauerte, hörte er Tarrant ganz deutlich zu Rogers sagen: „Glaubst du, er weiß, was er tut, Ike?“

Er lächelte bitter. Es schien unmöglich, dass irgendjemand erwarten konnte, dass der kleine Manool Sarouk etwas Wichtiges erreichen würde . Nun, wenn alles gut lief, würde er es ihnen dieses Mal sicherlich zeigen.

Trotz seiner Eile und trotz der Tatsache, dass Rogers ihm nach der dritten Fahrt half, dauerte es einige Zeit, bis Manool nach der letzten Kiste in den Tankraum fiel. Er atmete erleichtert auf, als er es in den Lüftungsschacht steckte, und drehte sich um, um das Einzige zu tun, was noch zu tun war. Dies war der einzige Job, den er hasste, aber es war der wichtigste von allen. Er ging zu seinem Spind, holte eine große Flasche heraus und schüttete Flüssigkeit daraus in alle Tanks. Er drehte unter jedem Tank ein Ventil zu, nahm einen Hammer und schlug den Ventilgriff unbrauchbar. Dann, nachdem er sich vergewissert hatte, dass er nichts übersehen hatte, kletterte er in die Röhre und begann, die letzte Schachtel Zahnpulver vor sich herzuschieben.

Endlich erreichte er wieder die Messe und reichte seine Kiste herunter. Er kletterte selbst hinunter und war kaum gelandet, als Tarrant auf ihm stand und flüsterte: „Komm schon, Manool , erzähl uns, worum es hier geht.“

„Nur noch ein paar Minuten, Captain“, flehte Manool . „Glauben Sie, sie kommen durch die Tür?“

„Keine Chance“, sagte Rogers.

„Das ist in Ordnung. Vielleicht hilfst du mir dann auch, den Ventilator zu reparieren.“ Sie legten das Gitter wieder auf den Ventilator und deckten es ab, indem sie Bretter vom Tisch darüber nagelten.

„Nach und nach machen wir das luftdicht“, sagte Manool und gab seinen nächsten Befehl. Ja, er gab dem Kapitän und dem Navigator jetzt Befehle, und er war sich dessen durchaus bewusst.

„Du holst alle Schüsseln, Pfannen und Töpfe hier rein und füllst sie mit Wasser. Keine Ahnung, wann diese Kerle beschließen, unsere Wasserleitungen zu durchtrennen."

Dafür brauchten sie eine halbe Stunde, und erst als es geschafft war, war Manool zufrieden. Dann begann er, einen der Kartons mit Zahnpulver aufzubrechen und erklärte dabei seine Pläne mit demselben Flüstern, das er schon die ganze Zeit verwendet hatte.

„Die Kerle da draußen hatten das ganze Schiff für sich allein", sagte er. „Sie hatten jede Menge Nahrung, jede Menge Wasser und jede Menge Luft. Sie hatten auch Treibstoff und jemanden, der eine Umlaufbahn für den Kontakt mit Ceres festlegen konnte. Aber ich glaube nicht, dass sie jemals dort ankommen werden."

"Da sind auch eine ganze Menge Kerle", sagte Manool zweifelnd. "Ich glaube, die Luft, die sie bekommen haben, reicht ihnen vielleicht nicht ."

„Ihre *Luft* !", rief Tarrant. „ Manool , du hast doch nicht etwa an den Tanks herumgefummelt, oder?"

„Ich töte nur das Wasserunkraut, das ist alles."

„Bist du verrückt, kleiner Mann?", fragte Tarrant schließlich. „Wie zum Teufel sollen *wir* atmen, wenn die Luft hier so abgestanden ist? Du kannst diese Piraten vielleicht ersticken, aber wir sitzen hier alle im selben Boot, weißt du."

Manool mit der Faust auf die Hand.

„Wir sitzen zwar im selben Boot, aber wir drei sind in verschiedenen Teilen des Bootes. Vielleicht haben die Ratten draußen aufgehört zu atmen, aber wir nicht! Schauen Sie mal hier."

Er packte sie beide an der Schulter und zerrte sie durchs Zimmer. Vor ihren Augen öffnete er einen der Wellpappkartons und holte eine bunte Dose heraus. Er öffnete

die Dose und schüttete den Inhalt in einen Topf mit Wasser,
während sie zusahen.

Er rührte die Paste am Boden der Pfanne einen Moment lang
um und stieß dann einen Triumphschrei aus.

„Aha! Sieh mal! Was denkst du denn darüber, verdammt noch
mal!"

Aus der Paste stiegen mehrere Blasen auf, stiegen auf und
platzten wieder, wobei sie Bruchstücke des Zahnpulvers
mitbrachten, die dem Wasser eine trübe und staubige Farbe
verliehen, während sie immer schneller wurden und sich
miteinander verbanden. Manool zwinkerte.

„Vielleicht ist Manool doch nicht so ein großer Narr, wie diese
Gangster denken", sagte er stolz. „Vielleicht weiß ich nicht
viel. Aber, verdammt noch mal, ich verstehe mein Geschäft.
Ich kenne mich mit Zahnpulver aus und ich weiß, wie man
Sauerstoff für Raketenschiffe bereitstellt."

„Wissen Sie was, Kapitän. Die meisten Zahnpulver enthalten
Natriumperborat . Sie geben es hinein, weil dieses Perborat
reinen Sauerstoff abgibt , wenn man es in Wasser gibt, und
reiner Sauerstoff ist ziemlich gut antiseptisch. Nur dieses Mal
haben wir" Wir werden diesen Sauerstoff nutzen, um uns am
Leben zu erhalten, anstatt Keime abzutöten.

Er beugte sich vor und schnupperte an dem lebensspendenden
Gas.

„In ein oder zwei Tagen", sagte er glücklich, „wird die Luft im
Rest der Rakete ziemlich abgestanden sein. Dann versuchen
sie, hier reinzukommen. Wir halten sie in Ordnung, und nach
einer Weile kommen sie ." , bietet an, sich zu ergeben, und
bettelt um einen Hauch frischer Luft. Ist es nicht schön zu
glauben, dass es nur genug für uns drei gibt? Wenn wir weich
werden und sie etwas von unserer Luft atmen lassen, wird
niemand lebend den Hafen erreichen . Wir müssen also hart

vorgehen und zulassen, dass dieser Mob von Halsabschneidern erstickt."

Er setzte sich, lehnte sich zurück und lächelte. Manool Sarouk fühlte sich ziemlich gut. Zum ersten Mal seit langer Zeit war er mit sich selbst zufrieden.

www.ingramcontent.com/pod-product-compliance
Lightning Source LLC
LaVergne TN
LVHW041817190726
843493LV00009B/2942